DU MÊME AUTEUR

Suite des œuvres de Christian Bobin en fin de volume

LA GRANDE VIE

CHRISTIAN BOBIN

LA GRANDE VIE

GALLIMARD

*Il a été tiré de l'édition originale de cet ouvrage
cinquante exemplaires sur vélin rivoli
des papeteries Arjowiggins numérotés de 1 à 50.*

Ceux qui nous sauvent
de notre vie ne savent
pas qu'ils nous sauvent

Chère Marceline Desbordes-Valmore, vous m'avez pris le cœur à la gare du Nord.

Il faisait froid. Il y avait tellement de monde, et en vérité personne. J'ai cherché un abri, un lieu humain. Je l'ai trouvé : le dos appuyé contre un pilier j'ai ouvert votre livre et j'ai lu votre poème *Rêve intermittent d'une nuit triste*. Je l'ai lu quatre fois de suite. Il n'y avait plus de foule, plus de froid. Il n'y avait plus que la lumière rose de votre chant – ce rose que Rimbaud vous a volé, entrant dans votre écriture comme un pilleur de tombe égyptienne. Qu'importe : vous revoilà. Intacte et régnante par votre cœur en torche.

La vie avec vous a été d'une brutalité insensée. Plus ses coups étaient violents, plus votre chant s'allégeait. Votre amour a triomphé de vos assassins. Ils ne voyaient pas que vos larmes étaient de feu. Je lisais, je lisais, je lisais. Votre poème avait fait disparaître Paris et le monde. Il n'y a que l'amour pour accomplir ce genre de miracle. La grâce de vos images jetait sur mon visage des reflets de rivière. Et ce rose, ce rose! Mon dieu comme c'était beau – d'une beauté de noisetier, de soleil dans ses limbes. Si je vous vois en rose c'est parce que cette couleur n'entre jamais en guerre et semble toujours au bord de défaillir dans l'invisible. Vous lire ainsi, debout, dans le froid d'une gare, c'était une déclaration de vie, une échelle plantée sur le sol, appuyée sur le ciel.

Votre voix m'arrive avant les mots qu'elle porte. Vous lire c'est regarder le poitrail de l'oiseau qui se gonfle, vous savez, cette joie atomique qui lui monte à la gorge juste avant de chanter. Nous sommes revenus ensemble au Creusot. Les livres agissent même quand ils sont fermés. Les voix, chère Marceline, ce sont les fleurs de l'éternel mises dans notre bouche. Elles fleurissent notre crâne de mort à venir. Elles ne s'éteignent pas avec nous, elles s'éloignent, et c'est le travail du poème que de les faire revenir près de nous. La voix de mon père avait quelque chose de la croûte d'un pain chaud. Elle s'ouvrait, se donnait, était par elle-même nourricière. Votre voix à vous : le chant d'une rivière inquiète qui ne dort jamais. Ce n'est pas une image. Je vais chercher là-bas de quoi éclairer ici. C'est ce qu'on appelle « poésie », n'est-ce pas ? Il faudrait un autre nom ou même aucun, et simplement dire : croyez-le ou non, mais en entendant le chant de la rivière dans le bois de Saint-Sernin, j'ai vu un livre plus beau que tous les livres. Il était signé Marceline et s'écrivait avant ma naissance, après ma mort, tout le temps et toute l'éternité.

Chère Marceline Desbordes-Valmore vous m'avez pris le cœur à la gare du Nord et je ne sais quand vous me le rendrez. C'est une chose bien dangereuse que de lire.

LES ANGES EN ROBES ROUGES

Elles sont arrivées à deux. C'était un ven-dredi matin en face de la poste du Creusot, dans la caverne en papier du bureau de tabac. L'une est restée dehors. L'autre a jailli d'une revue d'art que je feuilletais. Elles étaient de la même famille. La pluie acharnée et cette femme en bleu lisant une lettre, peinte par Vermeer, étaient de même race, même souche. Deux contemplatives qui s'associaient pour m'aérer le cœur.

Aujourd'hui on n'écrit plus de lettres. C'est comme s'il n'y avait plus d'enfant pour jeter sa balle de l'autre côté d'un mur.

Le monde a tué la lenteur. Il ne sait plus où il l'a enterrée.

Nous sommes en 1664. Un messager vient de passer, béni soit-il : il apportait, serrés sur une étroite surface de papier, les mots de l'infini, des milliers de fleurs des champs accrochées à chaque arrondi de la phrase, traversant l'œil-de-bœuf d'une voyelle, jouant avec le fer forgé d'une consonne. De tenir cette lettre entre ses mains, la femme couverte de lumière bleue en ressent la douceur, trois fois. Une fois au bout de ses doigts qui serrent la lettre au point presque de la déchirer. Une seconde fois dans la chambre interdite de son cœur. Une troisième fois – mais tout cela arrive en même temps – dans l'âme qui est l'écho au ciel de toutes les joies que nous éprouvons.

La bouche de la lectrice est entrouverte. Elle boit le petit-lait du ciel. Les hommes regardent les femmes et ils en perdent la vue. Les femmes regardent les mots d'amour et elles y trouvent leur âme.

C'est pour moi tout ça ? C'est vraiment pour moi ? Elle relit pour être sûre. Depuis cinq siècles elle relit la même lettre et par cette attention que rien ne décourage, la femme noyée de bleu fleurit la vie éternelle, comme fait la pluie dont les diamants tombent par milliers sur Le Creusot.

Sur le sentier en pente les ruisselets d'une pluie récente viennent à moi comme les plus beaux poèmes de la langue française courant au-devant de leur lecteur.

Ce qu'on appelle l'amour est indéchiffrable – un morceau de soleil oublié sur un mur, une compréhension du mal si fine que seul l'exprime un silence, un fantôme en robe bleue.

Premier jour du mois de mai. En ville, des pauvres vendent du muguet. Même s'ils ne sont pas pauvres, ils le deviennent par ce geste. Le commerce des brins de muguet est une forme divine de la mendicité.

Le parfum du muguet laisse un sillage riche et soûlant de grande dame. C'est un parfum pour orphelins, la promesse qu'un jour quelqu'un viendra les rechercher, les fera appeler par leur nom.

J'ai acheté cinq brins. Je les ai portés sur la tombe de mon père. Il pleuvait. Je ne maudis jamais la pluie, cette petite sœur déshéritée du soleil. J'ai entrevu assez du paradis pour comprendre qu'il peut être partout.

Sur la vitre, une goutte d'eau. Je suis sur la barque lente des mots qui avancent vers vous. Je me dirige avec une perche de silence plongée de temps en temps dans l'eau du langage. Et je suis en même temps dans la cité de cristal de la petite goutte d'eau, à l'intérieur de laquelle se trouve aussi le cimetière où j'étais ce matin, avec les anges tournant sans bruit autour des gisants dans leur drap de marbre.

Le mimosa est entré dans la pièce comme un gros chien ruisselant de soleil qui s'ébrouait, envoyant partout ses ondes jaunes.

Pourquoi grandir puisque enfants nous touchions déjà le ciel de nos petites mains d'argile rose?

Je ne suis jamais aussi proche de mon père disparu que lorsque je lis un poème qui m'émerveille, quel qu'en soit le sujet.

Un homme traverse sa mort comme on sort d'une maison abandonnée, brossant d'une main heureuse sur ses épaules une poussière de néant qui ne tient pas. Cet homme, pour dessiner ses yeux, j'emprunte à la lumière qui vole.

Arraché à la nuit son visage avait été jeté vers moi – un chef-d'œuvre.

C'était à Lille, ville dont les briques rouges m'avaient ému comme la vision d'un bébé montrant ses muscles. Certains visages ont passé entre des haies de serpents et de crachats avant d'arriver à nous, lumineux de toute la lumière qui leur a été pendant des siècles refusée. Elle me parlait mais son visage parlait plus fort. Ses yeux d'un azur hors de prix disaient une amitié déchirante pour la vie meurtrière.

Elle souriait. Elle avait perdu un enfant il y a de ça quelques années, en vérité il y avait une seconde : le cœur ignore le temps. La perte fait entrer l'éternel dans nos chairs et l'éternel c'est ce qui ne passe pas, ce qui reste en travers de la gorge. L'enfant disparu souriait dans son sourire, floraison incendiaire du mort sur le vif.

Je jette le filet de mes yeux sur les eaux du monde détruit, puis je le ramène à moi et je sauve les poissons d'or.

Ce qu'on appelle un poète n'est qu'une anomalie de l'humain, une inflammation de l'âme qui souffre au moindre contact – même à celui d'une brise. À Mallarmé hypersensible, la vie est venue prendre un enfant et lui a dit : maintenant chante, si tu peux. Chante avec ce trou que j'ai fait dans ta gorge. La disparition en plein vol d'un enfant, c'est Dieu qui jette notre cœur aux bêtes. Et Mallarmé, voyez-vous, n'a pas chanté. Il a bégayé, angéliquement bégayé. Le livre élevé sur l'enfant mort est comme les briques restantes d'une bergerie en ruine.

Cette petite fille à Lille, perdue dans l'assistance, lève le doigt. On lui tend le micro. Elle demande : « Monsieur, qu'est-ce que c'est l'écriture ? » Je réfléchis. Je cherche. Je ne trouve pas. Je trouve : « L'écriture c'est un ange. »

Un sourire qui cherche la sortie.

Écrire l'inconsolable engendre une paix, comme une lampe qui tourne et propose ses ombres chinoises à l'enfant au bord de s'endormir. Quand je pense aux gens que j'aime et même à ceux que je n'aime pas, quand j'y pense vraiment, les bras m'en tombent. La vie s'approche de nous. Elle guette le moment favorable pour frapper puis, à chacun, elle lance : chante, maintenant. Vas-y, chante. Écris.

La tête miraculeuse m'est apparue il y a déjà plusieurs mois. Ses yeux brûlent encore dans mes yeux. Je ne vis pas dans le temps. Personne ne vit dans le temps.

Les familles où un enfant a disparu sont comme la galerie des glaces à Versailles, la nuit, quand aucun pas n'y résonne : un incendie de miroirs vides.

L'écriture est une petite fille qui parle à sa poupée. Les grands yeux d'encre de la poupée lui répondent, et par cette réponse un ciel se rouvre.

Connaissez-vous la différence entre un écureuil et un saint? Il n'y en a pas. Les deux font provision d'une lumière qu'aussitôt ils oublient.

Hier en me penchant pour te cueillir une fleur dans le jardin j'ai réappris ta mort qui m'a soufflé à l'oreille : pas la peine d'une fleur, à présent je les ai toutes.

Un jour au Creusot, je suis un camion de chantier dont les pneus arrière sont protégés par deux battants de caoutchouc fort, vernis par des coulures de goudron. Ils tremblent aux vibrations du moteur. Le camion est lent. Je pourrais le doubler aisément mais ce serait quitter l'exposition au meilleur moment, à celui de la découverte de ces rectangles noirs griffés par le ciel blanc. Le camion change de route. Je le regarde s'éloigner, deux chefs-d'œuvre crottés de noir brinquebalant au-dessus des pneus arrière, et le soleil qui siffle dans son atelier.

Soulages envoie toute la peinture à la brocante.

Une révélation. Elle arrive drapée dans le soleil d'hiver, sur l'avenue qui mène à la gare de Montpellier. Toujours les gares, toujours ce rien d'arrachement qui aide à voir. Voici comme cela arrive : je suis fatigué. La fatigue me donne des ailes. Je regarde les immeubles qui descendent l'avenue en titubant, les clochards tassés comme des bougies fondues, les garçons de café aussi agiles que des derviches tourneurs. Les voyageurs se frôlent sans se heurter avec la science des somnambules. Il y a ceux qui vont prendre leur train, ceux qui arrivent et tout d'un coup l'ouverture des portes du temps : tous ces gens viennent de naître. Chacun avance vers ce qu'il imagine être un mieux-être et Dieu avance avec lui. La pureté marche dans les rues à des milliers d'exemplaires. Elle ne se connaît pas. Je pourrais parler à chacun et ce serait parler à des étourneaux ou à des loups cherchant leur nourriture. Je descends l'avenue à des dizaines d'exemplaires. J'ai tous les âges, mes familles connaissent tous les sorts. Tous sont innocents, même les meurtriers. Les clochettes des tramways dressent dans l'air humide des tourelles de cristal.

Les portes du temps le lendemain se rouvrent à nouveau. Cette fois c'est dans la forêt, quand les sapins s'avancent à ma rencontre : ils sont noirs, sévères et insomniaques. Ils jettent une cape verte sur les épaules de Dieu.

Ce que j'appelle réfléchir : je dévisse ma tête, je la mets sur une étagère et je sors faire une promenade. À mon retour la tête s'est allumée. La promenade dure une heure ou un an.

Les sapins, les grands sapins, est-ce qu'ils lisent le journal ?

Leur saisie intuitive du sens de la vie m'impressionne comme ces gens qui retiennent en eux une énorme lumière qu'ils ne connaissent pas et que parfois – le temps pour une porte de bâiller – ils donnent.

Dès que je les ai vus, les nuages sont venus à mon secours. Si vous saviez comme j'ai besoin d'aide. Il n'y a pas un instant où je ne cherche une pierre pour aiguiser l'œil.

Dans un pré j'ai vu un agneau suivre sa mère au millimètre près. Il n'y avait aucune distance entre elle et lui. Il y en avait beaucoup moins qu'entre des amants de légende. Il venait de naître et n'avait qu'elle pour guide. Elle était ses yeux, son âme, son unique certitude sur la terre. Cette vision m'a brisé le cœur. L'air est entré par la brisure.

Un jour, très tôt dans la vie, quelque chose se jette sur nous et nous donne notre visage inguérissable. Il prend forme à deux ou trois ans puis se cache dans l'ombre des travaux.

Quand j'appuie la pointe du feutre sur le papier délicieusement froid, ma mort ne sait plus mon nom.

Nous avons mille visages qui se font et se défont aussi aisément que les nuages dans le ciel. Et puis il y a ce visage du dessous. À la fin il remonte – mais peut-être parce que ce n'est pas la fin. Peut-être qu'il n'y a jamais de fin – juste ce déchirement sans bruit des nuages dans le ciel inépuisable.

La lumière, franchissant l'obstacle du rideau sale, tombe sur le carrelage de la cuisine et me dit : « Tiens, puisque tu me vois, puisque tu me prêtes attention et que tu m'aimes, c'est que tu es vivant. » Puis une pie passe en rase-mottes dans le pré. Ou un geai. Je n'ai pas eu le temps de bien voir ce que c'était. Qu'est-ce que « voir » ? Aujourd'hui je dirais : c'est être cueilli, voilà, cueilli : quelque chose – un évènement, une couleur, une force – vous fait venir à lui, comme les petits enfants prennent une marguerite par le cou, et tirent. La beauté nous décapite.

Vous êtes derrière cette lettre que je vous écris, difficile à atteindre. Il me semble que si j'empoigne un peu de lumière sale et que je la jette sur la page vous serez là soudain, nous serons réunis par la même joie simple.

L'oiseau, c'était un geai, je crois. Vers le milieu de l'après-midi, un silence s'est fait partout dans le pré. Le ciel soudain a pâli comme quelqu'un à qui on vient d'annoncer une mort. Il n'y avait plus rien. Et puis tout s'est rallumé. C'est quelque chose qui arrive très souvent, vers le milieu de l'après-midi. On ne le remarque guère. Il faut être prisonnier ou malade, ou assis devant une table, en train d'écrire, pour s'en apercevoir : l'étoffe du jour est trouée. Par les trous on voit le diable – ou, si vous préférez ce mot plus calme : le néant. Il y a un instant où le monde est laissé seul. Abandonné. C'est comme si Dieu retenait son souffle. Un intervalle de néant entre deux domaines de la lumière.

Penser comme un enfant presse son crâne entre deux petits poings de pierre.

Oui cette fois j'en suis sûr c'était un geai. Il avait traversé le néant, était ressorti de l'autre côté, faisant le lien entre deux domaines lumineux. Et comme le travail de l'oiseau ne suffisait pas et que la nature contrairement à Dieu ne nous abandonne jamais, la lumière est venue à la rescousse dans la cuisine, la lumière périssable a traversé le rideau sale de mon âme et m'a parlé de la lumière éternelle afin qu'à mon tour je vous en parle, à vous.

Les anges en robes rouges se sont mis à parler fort. La conversation du feu guérit de tout.

Je jetai mes soucis dans la cheminée et m'apprêtai à faire joyeusement des choses qui m'ennuyaient. Une légèreté me montait à la tête, semblable à celle qui escortait le chevreuil que je vis un jour entrer dans la forêt : il avait l'élégance d'un danseur en répétition, tressautant, esquissant distraitement trois pas, en accord avec la musique de chambre des feuillages. Les animaux cherchent dans l'inconnu de quoi manger et parfois ils lèvent la tête en oubliant leur faim, regardent à droite, à gauche. Un rêve humidifie le noir de leurs prunelles. Des soucis ? Non, aucun. Juste l'incroyable murmure des jours qui passent et leur lumière.

Il faut savoir qu'il n'y a que des enfants : après, on voit *vraiment* la vie.

En coupant le pain trop vite, ce matin-là, je me suis légèrement blessé. Je n'ai pas vu tout de suite la plaie d'où un rien de rouge sortait, tachant le livre à la couverture blanche. J'en lisais un peu chaque jour comme un moineau boit du bout de son bec. Il était écrit par un sage oriental. Un sage est quelqu'un d'ennuyeux, tous les enfants vous le diront. Celui-là, non. Dans sa paume de papier brillaient de blanches fleurs de prunier. La miette de sang rouge était tombée sur un pétale.

Dans cette vie tout peut nous écraser, même un rayon de soleil. Un liseron, jamais.

Une révélation s'oublie vite. Pour me souvenir de ce matin où les pires embarras étaient une joie, il me suffit de regarder sur la couverture du livre le sang bruni des immortelles.

Les fleurs du vieux cerisier jacassaient. Je rêvais de les emballer dans cette lettre et de vous les tendre en vous disant : tenez, voici un bouquet de l'éternel, des coups de sang dans le crâne en bois de Dieu, une incarnation de la lumière.

Planté dessous le cerisier aux bras maigres je contemplais le secret de sa joie. Certaines fleurs étaient serrées sur leur naissance. Des petits parachutes blancs pliés. D'autres étaient déjà écloses. Toutes surgissaient du bois noir des branches comme des enfants qui se précipitent vers leur mère-lumière après une trop longue mort.

Certains jours le printemps bégayait, il faisait froid. Je me posais ces questions qu'on se pose quand on vient d'abandonner quelqu'un sous la terre au cimetière : est-ce que la pluie les décourage ? Est-ce que le froid les empêche de dormir ? Je crois que tout souffre dans cette vie. Ne soyez pas trop effrayé par cette phrase, je pourrais aussi bien dire, et ce serait aussi vrai : tout se réjouit dans cette vie.

Campé comme un idiot sous le vieux cerisier, regardant la pluie suspendue des fleurs en extase, admirant leurs têtes hilares de sacrifiées, je reçois une leçon de courage.

Le papillon monte au ciel en titubant comme un ivrogne. C'est la bonne façon.

Si je pouvais, je prendrais mes livres et je les secouerais par la fenêtre comme de vieux tapis : trop de poussière, trop de mots.

La floraison des cerisiers ne dure pas. L'essentiel on l'attrape en une seconde. Le reste est inutile.

Je voudrais vous écrire des choses à la fois déchirantes et apaisantes. Apaisantes *parce que* déchirantes. Et surtout que l'air passe entre mes mots, beaucoup d'air comme entre les cornes jaunies de la fleur du chèvrefeuille. Ah celle-là. Son parfum me blesse, son vêtement déchiré de petite mendiante de Lewis Carroll me comble.

Une des joies éphémères de l'été, c'est de traverser une rivière en sautant sur des pierres. On écarte les bras comme s'ils étaient des ailes. On appuie les mains sur l'air. On peut glisser, se mouiller un peu, beaucoup. Si on est plusieurs à vivre cette épopée on rit aussi bien de l'échec que de la réussite. Et peut-être même l'échec entraîne-t-il une joie plus grande. On a dix ans, quinze ans.

C'est l'âge des bandes. On ne sait pas alors qu'on est en train de traverser la chambre en feu de la vie, celle dont la fenêtre donne sur l'éternel. On ne sait pas non plus qu'il est aussi indifférent de perdre que de gagner. Il faudra encore des années pour comprendre que les années ne sont rien et qu'il n'y a ni vrai, ni faux, juste la vie-rivière et nos bonds maladroits d'une parole à l'autre.

Oh la vie sainte des épouvantails ! Leur cœur troué par les balles du soleil !

Le bleu des clochettes des campanules m'a mis K.-O.

Une maison singulière : elle est faite de milliers de chambres. On les traverse. On y laisse quelque chose à chaque fois. Quelque chose ou quelqu'un. Je me souviens de celle où il n'y avait rien qu'un flocon de neige. Celle aussi qui ne contenait, posée sur une table rouge, qu'une grosse larme plus précieuse qu'une perle. Autant de chambres que de jours. Une sorte de jeu de marelle. Il ne s'y trouve rien à gagner, rien à perdre – juste vivre, tout bonnement, comme fait le chèvrefeuille qui apparaît et écrit peu à peu sa phrase en déployant ses petites cornes d'ange entravé dans le buisson. Et que dit-elle, cette phrase ? Elle ne dit rien de vrai ni de faux – juste un je-ne-sais-quoi de pauvre qui passe et puis s'écrit, un rayon d'encre dans une chambre d'or.

J'ai une nouvelle lettre pour vous. Ce n'est pas moi qui l'ai écrite, mais un bouquet de lobélies – vous savez, ces fleurs bleu clair de la famille des campanules.

Je suis entré dans le cimetière. Mon père marchait à mes côtés : invisible, il allait avec moi voir sa tombe. Je me suis arrêté net devant une autre tombe. Elle ressemblait à une phrase parfaite : une croix au-dessus d'une dalle blanche et, devant la dalle, une vasque débordant de lobélies caressées par une main de lumière. Nous traversons les miracles en aveugles, sans voir que le moindre jaillissement d'une fleur est fait de milliers de galaxies, que les brindilles d'un nid déserté ou les étoiles d'un ciel noir parlent de la même absence adorable.

Un papillon a feuilleté les lobélies. Un lézard est apparu. Je me suis accroupi, je lui ai parlé. Le lézard surpris n'a plus bougé, ses pattes bien à plat, écartées comme les doigts d'un gant sur la pierre chauffée de clair. Les lobélies écoutaient.

Vous mourrez tous, dit Homère. Vous mourrez d'un trait de javelot ou d'une rupture d'anévrisme, sur un sol étranger ou dans une infernale chambre d'hôpital. Et tous, sans exception, l'ange qui efface les fautes posera sa main sur vos fronts en sueur, vous aidera à entrer dans le soleil à l'heure dite.

Les lobélies font partie de ces choses qui émerveillent la vie – un sourire sans lèvres, un passage secret, une phrase parfaite.

« Puis ils se couchèrent et reçurent le don du sommeil » : c'est la fin du septième chant de l'*Iliade*. Dites-moi pourquoi cette expression, « recevoir le don du sommeil », me donne une joie sans fin ?

Je me suis relevé, le lézard a filé. Entre les villes étourdies et l'absolu, il y a la zone en friche des cimetières. Une faille dans le mur du temps. Les lézards s'y glissent comme le chagrin et l'espérance.

Un vieil enfant puni : nous ressemblons souvent à ça, n'est-ce pas ? Et quand on lève la tête sur les nuages ou quand on la baisse sur les fleurs, on entend une parole incroyable.

UNE ORGIE D'ÉMERAUDES

Je me souviens du 12 mai 1944. Je n'étais pas né. Je n'étais rien, personne, mais je me souviens précisément du 12 mai 1944, du soleil de midi, à Paris, et du grand marronnier aux fleurs roses.

Les livres sont des gens étranges. Ils viennent nous prendre par la main et tout d'un coup nous voilà dans un autre monde. Un air ancien passe entre nos doigts. Des parfums dont les atomes avaient divorcé depuis des dizaines d'années. Ouvrant votre livre je me trouve le 12 mai 1944 dans Paris, à l'heure où les troupes allemandes songent à s'en aller et que des fleurs de fusil éclatent comme des bourgeons ici et là. Et vous voilà, vous, avec votre adorable voix de papier, rêveur et bienfaisant. La roue des astres a tourné. Vous faites partie des perdants. On dirait que rien ne vous fait peur même si vous n'affectez jamais cette bravoure des brutes et des idiots. Vous aimez la vie comme peut-être Dieu l'aime, s'il y a un dieu. Goutte à goutte, fleur à fleur, pierre à pierre. Vous portez l'uniforme mais vous êtes un ange de paix et d'attention.

J'aime tellement vous lire. C'est être comme un enfant à côté de son père, dans la campagne, et le père par sa voix calme soulève toutes choses à l'existence, prend le monde dormant et le réveille en disant à l'enfant crédule, tout petit : ceci est un nuage de telle famille. Il porte telle nouvelle. Il est pressé. Cela est une digitale pourpre. C'est une fée qu'on croise dans les forêts du Morvan. Et celui-ci est le scarabée, pénitent noir épuisé d'avoir toute sa vie adoré un soleil de bouse et de paille.

Dans le milieu du désastre, une zone de grand calme. Cher Ernst Jünger, puisque tel est votre nom au paradis des contemplatifs, je vous aime de si souvent entrer dans ce vide qui est au cœur de nos occupations même les

plus violentes, et de le fleurir par votre attention charitable. Ce 12 mai 1944, émergeant
des poussières suspendues de la mort, vous
apparaît un marronnier tout allumé de rose,
ce que Dieu a de plus beau dans sa garde-
robe. La description que vous en faites a la
minutie d'un scribe. En vous lisant je me
trouve béni par le silence de ce géant aux
mille yeux roses ouverts dans les tourbillons
de l'enfer.

Pendant quelques années j'ai dû pour
gagner mon pain faire un travail vaguement
intellectuel. Par la fenêtre du bureau je voyais
un grand marronnier respirant. C'était dans
le château de la Verrerie, au Creusot où il y
a tout parce qu'il n'y a rien. La vision de cet
arbre me tapait sur le cœur, le rafraîchissait
– encore aujourd'hui si j'y pense. Certains
arbres donnent beaucoup si on pense à eux.
La guerre est de tout temps, cher Jünger. Fou
celui qui se croit à l'abri. Je ne cherche pas un
abri. Ce ne serait qu'un endroit pour y mourir sans bruit. Je cherche ce qui arrive quand
on n'est plus protégé et qu'on n'a plus peur
de rien.

Sur la table cirée la pomme rouge crie de joie. On n'entend qu'elle. Je pose à son côté le livre de Ronsard : le livre est plus vivant que la pomme.

J'entendais des voix. J'ouvrais le livre et j'entendais des voix. Des gens se parlaient par-dessus ma tête, s'interpellaient. Ils étaient morts depuis cinq siècles et ils échangeaient des nouvelles comme deux voisins par-dessus un muret. C'était une drôle d'expérience. Le livre de Ronsard, l'école m'en avait éloigné. Elle en avait fait un faiseur de copeaux, un rongeur de belle langue. Plusieurs dizaines d'années après une alerte m'était venue du côté d'un enfant de l'Assistance publique enfermé en Touraine, derrière un grillage de roses cardiaques : Jean Genet dit être venu à l'écriture par détresse et oisiveté forcée, avec un livre de Ronsard trouvé à la bibliothèque de Mettray. Je n'ai pas oublié cette parole même si je ne suis pas entré tout de suite dans les roseraies de Ronsard. Qui est maître de ses lectures ? Un livre nous choisit. Il frappe à notre porte. La charité, monsieur. La charité de me donner tout votre temps, tous vos soucis, toutes vos puissances de rêverie.

Ronsard sculpte les femmes comme Dieu qui n'existe pas sculpte les roses du jardin. Quand je montais cette petite pente menant à la terrible maison de retraite, je voyais sur la droite quelques roses souffreteuses. Ces maîtresses négligées du soleil me faisaient un cœur d'églantier. Même chose avec les poèmes de Ronsard : en lire un ou deux me donne cette ébriété qui permet de voir la vie au plus près, car c'est bien la voir au plus près que de la tenir pour sainte, bonne et belle. Ronsard apostrophe ses amis en début de poème et leur raconte ses déboires amoureux, ce rayonnant désastre de l'amour. Bergers, fleurettes et sources dégringolent sur la page. Le paradis est déversé sur le blanc. Mes yeux rigolent. Et les roses, ah les roses, elles ont le rôle-titre. Mais plus que tout m'enchantent ces voix, ces appels d'un disparu à d'autres disparus, et voilà que les morts sortent des rosiers, le visage griffé d'étoiles, et voilà que ces jeunes gens fous de vie débarquent au vingt et unième siècle, frais comme des alouettes. Un mort s'adresse joyeusement à d'autres morts pour leur vanter une amoureuse, ce soleil apparu qui va tout détruire de ses rayons après avoir tout éclairé : pourquoi ne m'a-t-on jamais parlé de poésie comme ça ?

Parfois un visage se met à côté du soleil et provoque une sorte d'éclipse.

Pourquoi ne nous dit-on jamais que la résurrection commence dès cette vie et que toute parole ivre est une rose de sang, éclatante reine du néant de nos jours ?

À vingt ans je me suis lié à un étrange jeune homme dont le nom en danois signifie : cimetière. Kierkegaard. Il est revenu cette nuit de son dix-neuvième siècle. Comment vous dire sa pensée, il y faudrait un conte : l'histoire d'un enfant si pur qu'il ne pourrait respirer l'air du monde sans mourir aussitôt. Alors il retiendrait sa respiration et descendrait en lui-même si profondément que le monde ne pourrait plus l'atteindre. Par intensité de pureté, concentration folle de pureté, il deviendrait plus petit que la plus petite des poussières. Il vivrait retiré dans l'ermitage d'un livre comme celui que j'ai ouvert ce soir. On ne le trouverait que là. Le lire serait lui venir en aide, ouvrir en nous assez de pur pour que l'enfant recommence à respirer, et, par une sorte de bouche-à-bouche, délivre son souffle angélique.

Le désespoir, je connais. Tout le monde connaît ça au berceau. Mais cette voix claire dans la nuit noire ?

La partie n'est jamais finie, jamais perdue.

J'aimerais vous écrire en couleurs. Par « écrire en couleurs » je veux dire : rendre hommage à cette vie dont les chars en feu paradent sous nos yeux obstinément clos.

L'extrême sensibilité est la clé qui ouvre toutes les portes mais elle est chauffée à blanc et brûle la main qui la saisit.

Le cœur – cette région non sentimentale que nous avons dans la poitrine, un volcan endormi de pensées.

Sören Kierkegaard, je t'aime d'être violent comme le printemps avec ses tournois d'abeilles et ses crimes de lumière. Pas de morale, juste Dieu qui arrive en titubant du fond du jardin avec ses habits mités, juste l'Esprit aux radieuses fièvres, la branche fleurie de la colonne vertébrale et la poussée des fleurs dans la bouche.

Des nomades campent dans mes yeux. Les feux qu'ils allument, ce sont les livres que je lis.

Une petite fille mange du chocolat. Il y a plus de lumière sur le papier d'argent enveloppant le chocolat que dans les yeux des sages.

Le livre que je tiens entre mes mains se met parfois à sourire.

J'apprends que je suis vivant. Je dois cette bonne nouvelle à l'air qui circule sous une phrase en faisant flotter ses mots, très légèrement, au-dessus de la page.

Je ne cherche pas à vous convaincre. C'est harassant, vain et au fond un peu cruel de convaincre. Je voulais juste vous dire qu'un jour j'ai vu, planté dans un livre d'André Dhôtel, un panneau indicateur du paradis. La distance marquée? Il n'y a pas de distance. L'éternel est là, sous nos yeux, sous nos pieds, dans une phrase.

Vous contez votre émerveillement devant un missel à la couverture noire de fumée. Il appartient à votre grand-mère qui vient d'arriver à la maison. Le livre est dans une de ces malles qu'elle met plusieurs jours à ouvrir. Elle a promis de vous le donner. Vous imaginez un bloc de feuilles d'or, de dentelles et d'air pur. Rien de plus beau que l'objet invisible. Enfin on vous l'offre. Et vous devenez fou : plus rien ne compte que ce livre dru qui tient du hérisson, du lingot d'or et du pain noir. Rien de plus doux que de contempler ce qui nous comble et, précisez-vous génialement, de ne même plus le voir à force de le regarder. Cette précision m'éblouit : l'amour n'a guère besoin de son objet. Il le supprime sans s'en rendre compte. Sa lumière qui éclate est une rose en suspension dans le vide.

Votre père était boucher à Guéret. Le boucher passe ses jours à manipuler des blocs de viande lourds comme des draps gorgés de sang. Vous avez passé votre vie à toucher des feuilles de papier sur lesquelles la lumière s'écrasait sans bruit.

L'amant, une fois atteint le degré requis d'attention, rayonne par lui-même et en lui-même. C'est le croyant qui fait exister Dieu, mais ce dieu n'est pas pour autant une idée ou un fantasme. Il est la fleur du rien, la rose aux pétales d'air, le souffle à marée haute.

Un enfant tient un trésor entre ses mains. Un missel, une bille, un coquillage. Il serre les mains si fort sur son bien qu'il le fait entrer sous ses ongles, dans ses veines, son cerveau, le métamorphose en lumière dont l'enfant n'est plus lui-même qu'un accident bienheureux, comblé.

Écrire comme un boxeur enfonce le cuir rouge d'une rage dans la poitrine des anges du vide.

Vous poursuivez votre récit avec le vol de ce missel et la désolation de l'enfant. Mais tout perdre n'a rien d'étonnant. C'est le fait d'avoir *tout* trouvé qui est le vrai mystère – et de ce mystère personne n'a jamais aussi bien parlé que le petit garçon du boucher de Guéret.

La nuit. La revoilà la bien-aimée, avec son voile de silence et ses yeux d'encre.

Le monde dans le plein jour est un gratte-ciel qui s'effondre : une poussière d'images s'élève, qui se diffuse partout dans les âmes. La nuit ce nuage mortifère retombe. Vers trois heures du matin, les eaux d'un silence couvrent le monde. Ne sont guère éveillés que les souffrants dans les hôpitaux, les moines dans leurs monastères ou les boulangers devant leur four – tous silencieusement liés à l'essentiel et à lui seul.

Sur la table, une feuille blanche. Ma main tenant le feutre noir frotte légèrement la joue du papier froid. Une sensation heureuse en vient, comme une conscience que la nuit prend d'elle-même.

Hölderlin écrit des poèmes battus par l'air bleu comme des bannières. Une joie violente naît de leur vision – comme quand on découvre une clairière après une marche entre des arbres serrés : une orgie d'émeraudes.

Ce n'est pas «joli», la poésie. Ce n'est pas «charmant». Ce n'est pas plus joli ni charmant que la bave aux lèvres d'un ange bégayant deux paroles pour sortir d'une impasse. Je pense au menuisier qui a recueilli Hölderlin. Quand on travaille le bois, on est théologien du vent, de la sève, du froid, de cette veine si fine où la branche casse sans effort. Hölderlin est mille fois mort avant sa mort. Ses poèmes – les bandelettes du ressuscité.

Les livres sont des secrets échangés dans la nuit.

Dans la salle d'attente du médecin de Saint-Sernin, je lis Hölderlin. Son écriture a la transparence dangereuse de la vodka. Au bout d'une heure la salle est remplie de mots de toutes les couleurs dont le battement à mes tempes commence à me guérir.

Un livre qui a l'épaisseur et le poids d'un pain de seigle. Je l'émiette chaque matin.

Les livres ne disparaîtront jamais. Il y aura toujours deux mains pour accueillir un peu de langage, quelqu'un pour s'éloigner de la tribu et recopier les écritures que font les étoiles dans le ciel.

Jean-Baptiste Chassignet écrit à vingt-deux ans *Le mépris de la vie et consolation contre la mort*. Il naît à la fin du seizième siècle, à l'intérieur de cette langue française râpeuse si apte à dire le tendre. Nous sommes mangés par les vers de notre vivant. L'angoisse et les projets rongent notre cœur. Et puis n'est-ce pas, la vie passe, à peine le temps d'appuyer son visage contre la vitre en feu. Quelques jours avant de mourir il fait son testament. Le réel y passe en veste de marbre. Plus de faux-semblants. Juste l'argent et l'amour – l'argent mesurant l'amour au centime près. Il demande que son corps soit inhumé auprès de celui de sa femme, dans une chapelle. Auparavant on prélèvera son cœur qui ira dans une autre église où sa mère repose. Son âme, il la recommande aux saints du paradis, et quant à cet excrément de l'âme – l'argent – deux enfants en seront les bénéficiaires : sa petite Gasparine qui lui cause du souci pour «la faiblesse de son cerveau», et son fils qui porte en miroir le même prénom que lui. Maintenant que tout ce monde a roulé dans la fosse et que les ciels ont passé, j'ouvre un livre aussi beau que ce chemin dans la forêt où, devant la lumière d'une branche cassée net, j'ai vu Dieu rallumer son mégot.

Le vieux soleil d'hiver tourne au ciel pâle comme une tête roulant dans la sciure blanche. J'ai froid. Je sais où est le feu, dans la remise aux poètes. Hopkins : dix, cent fois je cogne à sa porte. Il n'ouvre pas. Je sens que cet homme a dans l'arbre du langage construit une maison de cristal et que j'y rêverais jusqu'à la fin du monde. Je le sens, je le sais. Mais la porte à laquelle je frappe ne s'ouvre pas. Il y a des heures pour les livres comme pour l'amour. Des croisements d'étoiles qui se font ou ne se font pas. Et tout d'un coup la porte s'ouvre. Hopkins est sur le seuil. Son poème sur un épervier jaillissant est une fête qu'aucune tristesse ne vient conclure, une avancée de notre esprit vers l'Esprit, la défaite de la mort. Ma lecture me rend ivre. J'associe l'air avec le feu, la tête de monsieur Hopkins mort en 1889 avec celle d'un soleil tranchée par un décret de l'hiver 2012.

J'aurai passé mes jours à regarder le reflet de la vie sur la rivière de papier blanc. Ce n'est pas ce qu'on appelle « vivre ». C'est beaucoup mieux.

Le chemin boueux mange les bottes. La journée cherche ce qu'elle a d'unique. Elle n'a pas encore trouvé quand du haut d'un sapin éclate le chant de l'oiseau : un troubadour de retour à la maison qui se frictionne le visage à l'eau glacée.

Ah ne m'enlevez pas la poésie, elle m'est plus précieuse que la vie, elle est la vie même, révélée, sortie par deux mains d'or des eaux du néant, ruisselante au soleil.

Cher Jean Grosjean je vous regarde traverser le jardin de vos livres. La lune y a une place importante. Elle en a bien écrit la moitié.

Il est difficile d'évoquer la vie profonde sans la trahir. D'ailleurs qu'est-ce que c'est, la vie « profonde », sinon ce qui court en surface de nos yeux ? Vos poèmes sont si fins qu'ils se glissent entre la fleur et l'éclat de la fleur.

La légende dit que le sage Lao-tseu a été vu une dernière fois à une frontière, qu'il a laissé les lumières écrites du Tao au douanier. Il y aurait donc une sagesse qui n'a plus besoin de livre. Elle n'a peut-être même plus besoin du sage. Elle passe dans l'air entre les feuilles du sureau. Je ne cherche pas à amener des gens à vos livres. Je ne le cherche plus. C'est inutile ce genre de choses, vous le savez, vous qui avez réussi cet exploit de rendre au Christ sa clandestinité de jeune cambrioleur des âmes. J'ouvre un de vos livres et mon cœur se trouve réaccordé aux vieilles patiences de l'univers. La poésie avance pieds nus, on ne l'entend pas, une phrase claque sur la page, on se retourne : elle vient d'entrer, la gitane. Elle fait de notre âme un panier d'osier. Elle nous parle des agencements secrets des fleurs et des étoiles. L'horloge astronomique de la cathédrale de Strasbourg, à côté, c'est un jouet d'enfant. Votre intraitable ami des Évangiles est apparu à la fenêtre de l'Histoire deux ans, trois ans. Il venait du silence, il est retourné dans un silence qui n'était plus le même : les purs changent tout par leur seule apparition.

Je n'ai pas oublié le martin-pêcheur que j'ai vu plonger dans la rivière au-dessus de laquelle était l'auberge où je mangeais. Cet oiseau fou m'avait par sa vision sauvé du désespoir de voisins de table qui parlaient affaires. Les apôtres ont dû connaître avec

le Christ cette apparition salvatrice du martin-pêcheur. Cela ne changeait rien et cela
changeait tout. Rien ne distingue la fin du
monde et un repas d'affaires. Les hommes
fermés riaient. Leurs yeux luisaient comme
des pierres. Ils n'avaient rien vu de l'ange
plongeur.

L'oiseau a rejailli si vite de l'eau verte
que des années plus tard mon cœur en est
trempé.

Les oiseaux sont les derniers chrétiens.

Écrire – glaner ce qui a été abandonné à la fin du marché, fin du monde.

Robert Antelme qui a été déporté et a failli mourir dans un camp de concentration dit à un ami sur un trottoir parisien : je ne vois pas de différence entre le monde et les camps de concentration. Quitter sa femme parce qu'elle vieillit et devient moche, ajoute-t-il, c'est du nazisme. Le livre entre les mains, au centre d'un cercle de nuit noire, je contemple le feu de ces mots irréprochables.

Le sommeil revient puis c'est un autre jour – le même, au fond, depuis le jour prétendu de ma naissance. Je me trouve devant un vieillard. Il est de ma famille. J'écarte l'aveu-glement du trop-bien-connaître. Je regarde avec passion cet étranger qui me fait face dans son étroite cuisine. C'est un homme dur, fermé aux lumières de la vie errante. Manger, bien manger a été son plus grand travail dans cette vie, son souci premier. Aujourd'hui que la vie se retire de ses veines – et ses doigts en tremblent – il reçoit sur la tête la couronne de gloire qu'il n'a jamais imaginé porter un jour. Il ressemble à l'ange des feuilles mortes qu'un courant d'air peut renverser. Sur la toile cirée, la main aux doigts arthritiques, crochus, est peinte par Grünewald. L'esprit des os brille sous la peau ridée. La petite cuisine file comme une étoile dans la nuit gelée.

Un camp de concentration invisible couvre la terre dont parfois, par un sursaut d'éveil, un éclair de l'œil, nous sortons l'un des nôtres, nous délivrant du même coup.

L'EMPEREUR DU JAPON

Cher petit merle, j'aurais voulu t'écrire à l'instant de ton apparition mais je ne suis maître de rien : le téléphone a sonné, puis j'ai dû sortir faire des courses. Personne n'est tout à fait libre de son temps, n'est-ce pas. Même les rois s'inclinent devant un traité à signer, une migraine, une messe obligatoire. On m'a dit que l'empereur du Japon, et plus encore son épouse, étaient les plus célèbres prisonniers du pays. Un entretien avec eux est minuté. S'il se prolonge d'une minute les gardes qui se tiennent au fond de la salle d'audience, comme des soldats de plomb, font un pas en avant. Une minute de plus et ils avancent encore d'un cran. Les rois et les empereurs sont les poupées qu'un pays se fabrique pour dorer ses rêves. Parfois, las de jouer, il leur coupe la tête. Ta douceur, petit merle, cette manière si gracieuse de pencher ta tête légèrement de côté, était d'un roi qu'aucune étiquette n'empèse.

Sans doute ne te reverrai-je jamais. Tu ne m'as pas vu – encore que je n'en sois pas très sûr. Vous les animaux, vous avez une singulière façon de voir – par vos nerfs, vos muscles, votre dos, autant que par vos yeux. Tu venais d'atterrir de l'autre côté de la vitre, sur l'herbe verte du pré. Noir sur vert, et cette pâte orangée de ton bec, lumineuse comme une lampe Émile Gallé. Tiens, me suis-je dit en te voyant : du courrier. Un mot du ciel qui n'oublie pas ses égarés. Tu es resté dix secondes devant la fenêtre. C'était plus qu'il n'en fallait. Dieu faisait sa page d'écriture, une goutte d'encre noire tombait sur le pré. Tu étais cette tache noire avec un rien orangé, le grand prêtre de l'insouciance, porteur distrait de la très bonne nouvelle : la vie est à vivre sans crainte puisqu'elle est l'inespérée qui arrive, la très souple que rien ne brise. Dix secondes et tu as filé au ras de l'herbe jusque dans le bois, à l'autre bout de mes yeux. Le passage devant la fenêtre d'un ange en robe noire ne m'aurait pas mieux apaisé.

Et maintenant il fait nuit. Je pense à toi. Comment dors-tu, à quoi rêves-tu ? Un jour tu ne seras plus que calcaire. Le crâne des oiseaux est une toute petite chose sévère et émouvante. Quand par extraordinaire on en découvre un momifié sur un chemin, on voit quelque chose qui tient de la frêle relique de saint. Que seront devenus les chants qui passaient la petite porte de corne orange de ton bec ? Ils continueront de filer à l'infini, perdus dans le grand fleuve de l'air. Ta joie – insouciance –, petit merle, est passée de mes yeux à mon sang et de mon sang à ce papier qui me sert à t'écrire cette lettre. L'adresse ? Quelqu'un la trouvera, c'est sûr. Quelqu'un ou quelque chose te dira que j'ai écrit cette lettre pour toi.

Adieu camarade. Je te souhaite la vie belle et aventureuse. Tes dix secondes ont résumé toute ma vie.

Je ne sais rien des enfers que tu as dû traverser pour arriver devant moi. La pluie bâtit autour de ton visage son monastère de gouttes d'eau. Par beau temps tu me fixes du rayon de tes yeux. Je lis devant la fenêtre. Si pour te voir je lève la tête du livre, je ne sais plus revenir à lui.

Une marguerite seule avec son feu blanc dans l'océan d'un pré, qui s'en soucie? Je puise dans ta vision les forces nécessaires pour résister au monde. J'ai pensé que nous pouvions, maintenant que tout est détruit de la vie ancienne, reprendre l'alphabet de l'éternel. Tu en serais la première lettre. La roue du monde passe indifférente sur les cris des prophètes. Une seule chose la voile : qu'il reste ici-bas quelque chose de silencieux et de pur.

Le ciel repose sur ta tête pâle et lumineuse. Tout ce que j'aime dans cette vie – les nuits d'été, le sommeil des renards, le silence des penseurs –, absolument tout repose sur l'étoile blanche de tes pétales.

Personne n'a aujourd'hui plus mauvaise réputation qu'une petite fleur.

Très humble, douce et ferme marguerite, je salue en toi l'espérance réalisée d'un monde ressuscité, l'entrée en force d'une lumière dans mon âme délivrée.

Je pense à tes yeux, petit chat. Qui donc allume les yeux des bêtes et les fait aussi purs? Tes yeux étaient deux vitres derrière lesquelles un ange délinquant me dévisageait en silence.

Un visage humain, je crois savoir ce que c'est : une lettre à déchiffrer, porteuse de vie ou de mort. Elle vient de loin. Il faut la défroisser. Certains mots manquent. Mais qu'est-ce que c'est, un visage animal? Car cela existe. J'ai commencé mes études dans les livres et je les ai poursuivies dans la lecture des fleurs et des bêtes. Dans les yeux roulants des vaches j'ai vu un étonnement qui pardonne. La comédie verte des prés cache mal l'abattoir avec ses tueurs aux joues rouges. Dans le bleu de l'aile des geais j'ai trouvé ma fortune. Les chevaux sont des nobles dont je ne parle pas la langue, de paisibles porteurs de foudre. Mais toi, petit chat ?

Les animaux sont des théologiens muets. Leurs nerfs sont les cordes du ciel.

Un jour je t'ai vu courir, affolé, sur le clavier du piano : j'ai entendu alors le plus grand interprète du monde. Je n'ai jamais retrouvé cette joie sinon peut-être en écoutant Thelonious Monk : tu sais, le pianiste de jazz. D'ailleurs il était de ton peuple. Un jour il s'est arrêté de jouer. Il n'a plus parlé. Une baronne américaine l'a recueilli dans une maison où il y avait une cinquantaine de chats.

Je pense à la délicatesse des autistes et à leur visage d'eau de source, à cette divine maladresse que nous avons au fond de l'âme et dont les petites mains volantes d'un nouveau-né sont la parfaite image.

Tu t'allongeais sur une lettre en cours et c'était comme si Dieu en personne, lassé de me voir écrire, versait l'encre noire de ton pelage sur mes mots.

Thelonious Monk, quand il joue, on dirait un ange un peu lourd qui saute à la corde. Dieu à la fin vient fermer le bar, range les chaises sur les tables.

Ton ombre s'allonge sur la lettre que je suis en train d'écrire et cet embarras m'éclaire plus que tous les mots.

NOS PAUVRES
CŒURS ARCHITECTES

Clairières assassines, soleils bénisseurs, arbres méditant : la nature est une guérison en marche.

Le cheval de bois à la brocante avait triomphé de tous les abandons. Le ciel sur son œil de verre éclatait d'orgueil. Sa tête de bois écaillé était plus vivante que beaucoup de têtes humaines et j'ai surpris dans sa crinière la même chose que dans les psaumes des feuilles du tremble : aucune question, aucune réponse, juste la sidérante présence de tout et, remontant au cœur, dix mille tambours de neige.

Une parole secourable d'être muette.

L'innocence des morts est effrayante. Elle

rejaillit sur ce qu'ils étaient de leur vivant, et on se dit qu'à notre insu nous avions fréquenté un ange.

Hier j'ai vu plusieurs libellules au-dessus du pré, gorgées de bleu. Elles se déplaçaient par saccades au-dessus d'une touffe d'herbe, d'un caillou. On aurait dit quelqu'un qui vient voir si tout va bien, puis qui s'éloigne, rassuré. J'aurais voulu te les montrer à toi qui aujourd'hui vois Dieu en face. Trois, quatre bijoux ailés de bleu : les vivants ont parfois d'aussi belles visions que les morts.

L'irréprochable, vois-tu, c'était nos pro-
menades.

Dans la forêt, une zone saccagée semblable à un campement de gitans après le
passage de la police : arbres abattus, terre
retournée et les lumières affolées des petites
fleurs jaunes courant en tous sens. Dieu
vient d'être expulsé. Un poème de branches
cassées est tombé de sa poche à son
départ.

Une toile d'araignée géante accrochée au
tronc d'un sapin. Place Vendôme à Paris,
où sont les bijoutiers de prestige, ils n'ont
pas une merveille aussi rassurante quant
au sens de la vie. Devant ce poème de bave
et de lumière, je connais la gloire d'être au

monde et je salue l'architecte à son œuvre bientôt détruite – car la police de la mort passe partout et sans arrêt.

Quand je vis, la vie me manque. Je la vois passer à ma fenêtre, elle tourne vers moi sa tête mais je n'entends pas ce qu'elle dit, elle passe trop vite. J'écris pour l'entendre.

Quand je n'écris pas c'est que quelque chose en moi ne participe plus à la conversation des étoiles. Les arbres, eux, sont toujours dans un nonchalant état d'alerte. Les arbres ou les bêtes ou les rivières. Les fleurs se hissent du menton jusqu'au soleil. Il n'y a pas une seule faute d'orthographe dans l'écriture de la nature. Rien à corriger dans le ralenti de l'épervier au zénith, dans les anecdotes colportées à bas bruit par les fleurs de la prairie, ou dans la main du vent agitant son théâtre d'ombres. À l'instant où j'écris, j'essaie de rejoindre tous ceux-là.

Plus loin dans les bois il y a un chemin sur lequel je marchais avec toi, quand tu étais encore de ce monde. Le chemin

semble indifférent mais je sais qu'il se sou-
vient de toi. Il n'y a pas de temps. Il n'y a
que la joie éternelle et nos pauvres cœurs
architectes.

LA MARTYRE DU SOURIRE

Je voudrais vous parler de celle dont tout le monde parle et qui échappe à tout le monde. Je voudrais vous parler de Marilyn. Sa folie a régné sur le monde et c'était un règne sans mauvaiseté. Mais de folie quand même. Elle est une preuve de Dieu. N'importe qui et n'importe quoi est une preuve de Dieu sur terre. La preuve – Marilyn a quelque chose de déchirant. Elle est perdue, mais ni plus ni moins que vous ou moi, n'est-ce pas, une fois que nous avons enlevé le maquillage de nos conforts, de nos savoirs et de nos croyances. Il n'y a que les nuages qui ne sont pas perdus. Et les fleurs des prés. Et les bêtes dans les bois. Tous ceux-là connaissent leur maître, savent qu'il ne les abandonnera pas, respirent de suivre la pure nécessité. Marilyn suivait l'étoile désorientée de sa folie. Son visage constamment épousseté par les lumières des photographes est celui d'une poupée papillonnant des yeux et de l'âme, souriant à ses assassins. La folie est un mécanisme d'horlogerie très fin. On n'en voit les rouages que lorsqu'il se brise. Marilyn sait que l'humanité a faim, plus encore que de pain ou de sexe, d'une vraie gaieté, d'une gaieté profonde accordée au secret des fleurs, du ciel, des anges. Nous recherchons le paradis. Nous ne sommes jamais très loin de lui. La gaieté – la pure, pas la marchande : comment vivre une seconde sans elle, sans son secours, sans au moins sa nostalgie ? Les saintes de cinéma brûlent dans le noir. Leurs chevelures luisent comme des méduses. Rien ne s'éteint plus vite que l'incendie de l'irréel. Marilyn tendait une gaieté volatile sur la petite assiette de son visage. Mangez-moi. Ceci est ma folie, ceci est ma perte. Je suis des vôtres. Simplement j'ai dans les paillettes de mes yeux et sur la charité de mes lèvres les stigmates du paradis, l'ombre portée de la lumière éternelle. Elle affolait les hommes mais aussi bien les femmes ou le soleil. Sa fragilité était invulnérable. Elle n'arrêtait pas de souffrir ni de sourire. Ces deux passions n'en faisaient qu'une.

Son sourire remonté à bloc était prêt à casser. C'est une plaie d'être une femme mais qu'on se rassure, c'est une autre plaie d'être un homme. Il faut tenir son rôle jusqu'au bout. La vie, dit Rimbaud, est la farce à mener par tous. Mais la gaieté ? Ce je-ne-sais-quoi qui ensoleille le cœur, cette braise sur laquelle la main en chêne de la mort ne peut se refermer ? La gaieté est le sens profond de nos vies. Marilyn l'avait compris à sa manière folle. Elle en présentait les signes, un appât – son sourire était comme ces mouches artificielles aux lueurs émerveillantes que confectionnent les pêcheurs à la ligne, pour attirer le poisson. Une gaieté fausse mais reliée à la pure vérité, comme toujours le mensonge. Son sourire était le sillage d'une comète entrant dans l'atmosphère irrespirable du monde. Un astre mort tombait, entraînant des milliers de visages dans sa chute. Ce qui manque à ce monde, ce n'est pas l'argent. Ce n'est même pas ce qu'on appelle « le sens ». Ce qui manque à ce monde c'est la rivière des yeux des enfants, la gaieté des écureuils et des anges. Qu'elle dorme en paix, la martyre du sourire. Qu'elle soit remerciée de son dévouement de folle. Comme Einstein a donné son nom à la loi de relativité que je suis heureux de ne pas comprendre, Marilyn a donné le sien à la loi inexorable de la chute des cœurs. Cette nuit j'ai mal dormi. Plusieurs fois je me suis réveillé. Une phrase insistait dans mon crâne. Elle disait ceci : même dans l'enfer, et nous y sommes, il y a des merveilles.

DIEU EN SES PROVINCES

J'étais perdu, comme souvent. Les chemins pour se perdre sont innombrables. Ils mènent tous à la clairière des visions. J'allais sur les Champs-Élysées. Les hommes d'affaires sont des enfants avec des cartables en or. Ils connaissent la poésie mieux que les poètes. Ils la connaissent pour la détruire au bas de chacun de leurs contrats et dans les entrailles de chacune de leurs décisions. Les vitrines rasées de près ne reflétaient que des têtes brillant d'une santé féroce. Un pauvre ou un simple d'esprit ne laissent aucune trace sur les miroirs des magasins de luxe. Je traversais avec ennui un courant d'air de vitres et de pavés. Et le miracle a éclaté : sur une centaine de mètres, trois mendiants. Le désespoir était leur routine. J'ai vu une passante réveiller chacun d'eux, serrer leurs mains, leur parler. J'ai vu les visages fripés, maigres, cette chair lasse de survivre s'allumer comme une ampoule, donnant dix mille fois plus de lumière que les décorations de l'avenue à Noël. La parole qui ne veut ni convaincre ni changer quoi que ce soit rayonne comme un soleil. La passante a disparu. Les trois visages continuaient de flamber. Ils étaient les bornes éclairées du divin plantées sur cent mètres. La lumière était montée à leurs yeux comme le vin dans un verre qu'on remplit. Sans le sentiment éphémère d'être perdu je n'aurais rien vu de ce soubassement lumineux des ténèbres, de ces roses de feu qui fleurissent entre les lignes de force du monde. Deux jours après, je suis entré dans une épicerie où l'épicière avait installé son bébé dans un couffin, près des fruits et légumes. Il suivait sa mère du bout des yeux. Elle était l'ange qui empêchait la mort d'entrer. Il s'est endormi, confiant. Je suis allé au fond de la boutique. Je ne voyais plus le dormeur. Les pales de l'hélicoptère du sommeil tournaient sans bruit au-dessus de l'épicerie. Une usine nucléaire de paix, dont le centre fissuré était ce berceau, irradiait le magasin. La vie n'est pas le monde. La vie est éternelle. Le monde passe et aurait depuis longtemps roulé aux abîmes si des porteurs ne le retenaient au bord du gouffre. Les trois clochards et ce bébé enfoncé dans le repos faisaient partie de ces porteurs. J'aimerais un jour être digne d'eux.

Tout d'un coup le réveil absolu. Saint Paul dans une lettre aux Philippiens parle du Christ et c'est le dérapage merveilleux : « À cause de lui j'ai accepté de tout perdre, je considère tout comme déchets. » Je n'en reviens pas de cette parole d'amour fou qui est aussi une plainte absolue. Cet « à cause de lui » est un soleil noir. Regarde ce que j'ai fait à cause de toi, regarde où j'en suis : je n'ai plus goût à rien.

J'ai donné ma tête en bois à saint Paul. Occupez-vous de moi. Moi je ne sais pas. Ranimez-moi avec quelques paroles qui ne doivent rien aux lèvres pincées des raisonnables. Emmenez-moi dans ce pays qui nous était promis au berceau et dont j'ai reconnu ce dimanche au cimetière la splendeur incorruptible : un petit enfant, il n'avait pas trois ans, s'amusait entre des tombes. Les adultes parlaient. Lui aussi parlait mais pour lui-même, avec un marmonnement d'artisan à son affaire. Il a trouvé des éclats de noisette mêlés à du gravier puis, s'éloignant du cercle fermé des voix adultes, il s'est égaré dans les allées. Il ne craignait ni la vie, ni la mort. Il les avait dépassées sans savoir. Il cherchait, disait-il, « des cailloux bleus ». Ne pas en trouver ne l'attristait pas. Il n'avait jamais entendu parler de saint Paul. Inutile. On ne réveille pas un éveillé. J'écris ceci et je sais que vous ne me croirez pas : j'ai vu un enfant de deux ans et demi balayer la mort et chasser le temps du monde. Ce travail titanesque était fait en chantonnant, comme il convient.

Nous avons dans la poitrine un rideau rouge derrière lequel sommeille un animal divin. Le rideau rouge le rend sacré de ne pas apparaître à toute heure du jour et de la nuit. Le rideau aux longs plis de sang protège un amour qui ne va vers aucun visage, aucune chose, aucun nom. Il aide cet amour à grandir dans le secret. Parfois le rideau se lève. Dieu visite ses provinces. Appelons Dieu cette force qui imprévisible monte au cœur, réjouit les yeux et fait sauter la banque de la pensée. Cette force animale tapie derrière la rumeur du sang rouge. Il y a autant de révélations que d'individus. Sainte Thérèse de Lisieux par exemple. Elle a un visage brutal, si vous regardez bien. Quelque chose du granit. Une volonté qui fonce, ne sait aucun obstacle entre elle et son objet. Son lever de rideau à elle, son premier, a été dans son jeune âge de surprendre la lassitude dans la voix de son père à l'idée de faire des cadeaux pour Noël. D'un coup l'enfant a quitté la fausse enfance des sucres. D'un coup elle a rejoint l'enfance inépuisable de l'esprit qui brûle même quand il n'a plus rien à brûler. Plus tard des roses et des terreurs charnelles ont été l'occasion d'autres levers du rouge.

Les saintes sont des cantatrices qui au moindre tressaillement du rideau chantent à poumons perdus. Thérèse de Lisieux a laissé son nom à une note suraiguë, briseuse de cristal.

Sans lever du rideau rouge, nous ne saurions même pas que nous sommes vivants et nous ne devinerions jamais quelle charité divine engendre le parfum d'une rose de jardin.

Incapable d'écrire sur demande sauf celle du pic-vert dans la forêt.

Les oiseaux sont les maîtres de l'atelier d'écriture.

On peut donner sa vie pour trois fois rien. La donner ou la perdre. Ce n'est pas moi qui le dis, c'est un petit étang dans les hauteurs de Saint-Sernin. Ce sont les évènements de la lumière sur son eau sensible. Je suis sur la rive, à vingt mètres de l'apparition. Comment la nommer : rien, mais un rien enflammé. Un ange hollandais a renversé une poignée de diamants sur l'eau claire. Une fortune de rien, un fourmillement de lumières sur l'eau comme dans l'âme. Qu'est-ce que l'âme ? Descartes s'interrogeait sur ce mot dont il avait un léger scrupule à se débarrasser. Ces philosophes : si seulement ils avaient l'idée de regarder le ciel par la fenêtre ! Les chats sur ce sujet ont beaucoup d'avance. L'âme naît au point de rencontre de notre néant avec la lumière qui nous en sauve. Elle n'est pas sans rapport avec le déambulatoire de ces arbres dont les branches basses boivent l'eau verte près des roseaux. L'éclatement bleu d'une campanule ou la minuscule barque vert sombre d'une feuille de buis lui donnent beaucoup de joie, mais cette lumière, oh, cette lumière qui danse pieds nus sur l'eau captive ! Tout donner, tout perdre et qu'on n'en parle plus. Ne plus penser à rien, c'est commencer à bien penser. Ne rien faire c'est déjà faire un pas vers Dieu. « Rien » est ce qui permet à la splendeur de descendre un jour sur les eaux d'un étang comme partout sur la terre ignorante.

Et tout d'un coup j'ai vu trembler la crête des pétales des roses sur la terrasse. En vérité c'était l'univers entier qui tremblait. Il n'y avait plus rien de sage, aucune étoile qui ne fût saisie de fièvre. Il faisait beau. Vous savez, cette beauté des soirs d'été, quand une pensée heureuse traverse le monde à gué. On dirait qu'aucun asile n'est plus accordé à la mort. Les roses grelottaient de joie. J'ai pensé à vous. J'ai pensé qu'il me fallait écrire cette lettre sur Bach. Car c'était la montagne aérienne des partitas que j'avais sous les yeux. Et les oiseaux, ah les frères oiseaux, ils se sont mis de la partie. Si vous voulez non pas comprendre mais *voir* la vie, la voir par les milliers de fenêtres ouvertes de votre sang, alors écoutez un air de Bach au piano. Il n'y a que cette pauvreté pour atteindre l'extrémité du ciel où tout verse en cataractes roses, bleues, vertes. Le ciel est un torrent qui se jette dans l'amour de Dieu. Bach compte les étincelles sur ce torrent qui coule dans l'infini ouvert d'un cœur dément. Un cœur où chute à chaque instant toute la création, et vous avec moi.

Je reprends, calmement. Les roses, l'été. Et Bach. Et les oiseaux qui piquent en jazz sur le baroque. Nous sommes les éléments d'un air sans âge. Rien ne tient en place. Rien n'a la même forme pour toujours. Les variations de Bach sont la pensée la plus profonde sur la vie qui nous quitte, et le baiser qu'elle nous donne.

S'il y a un dieu, alors c'est un joueur. Il assemble puis il sépare. Il élève puis il brise. Il monte des châteaux d'atomes enluminés – ce que nous appelons nos « âmes » –, puis il passe en coup de vent, éteint toutes les lumières, reprend les atomes, les briques, les soupirs, les réassemble autrement ailleurs, sous la forme passagère d'un palais, d'une cascade ou d'un éclat de rire. Le rire est un château monté dans les airs par des anges maçons qui travaillent très vite. En une seconde c'est fini. Le rire aux mille pièces d'eau, aux jardins intérieurs et aux chambres secrètes s'effondre à peine construit, mais Dieu, que c'était beau. Fonctionnaires de mairie, écrivains, cambrioleurs, magistrats, cantonniers nous ne sommes que des constructions éphémères et le bruit de nos rires, c'est celui de notre effondrement. Bach le dit. Et la vie dit pareil. Et les deux ne font qu'un. Le début d'un air, juste son début et j'accepte tout, aussi bien de mourir que de vivre. C'est vivre qui est le plus dur, n'est-ce pas?

Sans Bach nous ne saurions pas ce qu'un moineau pense. Nous ne saurions pas plus ce que peut faire notre frère Dieu de ses vastes journées, dans son empire sans contraire. Il fait ce que font les moineaux, exactement. Il joue. Il assemble des atomes puis il contemple leur architecture et il passe à autre chose. Dieu n'est pas plus incompréhensible qu'un moineau. Il est le maître des moineaux. Le tremblement en chef. La crête d'un pétale de rose ou l'enthousiasme d'une feuille du tremble trahissent à peine son passage.

Éternel passage. Tremblement de ciel. Les berceaux surgissent comme des muguets de la terre. Les tombes sont de la nuit qui boit de la nuit. La mort en robe de taupe creuse et passe elle aussi. Il n'y a que le passage qui ne passe pas. Il n'y a que le tremblement qui ne tremble pas.

L'ange qui nous a chassés du paradis a négligé de fermer quelques portes.

UNE PETITE FILLE INUIT

Nous ne sommes séparés de la vie éternelle que par une cloison plus fine que le rideau mouvant des branches du saule pleureur.

Pour l'étranger, c'est-à-dire pour tous ceux qui ne brûlaient pas dans les flammes froides du cercle familial, ta présence était une surprise bienveillante. Ils ne voyaient pas que ton sourire était le bouclier de ta peur du monde.

Ta mère entre en démence alors que tu as vingt ans. Tu la prends sous ton aile et tu décides de tout à l'âge où l'on devrait avoir le cœur aussi volage que du pollen. Ta jeunesse : ce bois noirci par les hivers et toutes les heures aux horloges du Creusot, ville dure et sans mensonge.

Tu ressemblais dans ton cercueil à une petite fille inuit. Un je-ne-sais-quoi de noble et d'oriental.

Je t'avais montré ce testament de madame de Gaulle – comment, veuve d'une statue, elle s'était retirée chez des religieuses avec une valise pour seul bien. Elle contenait un linceul plié avec un mot épinglé : pour les funérailles de madame de Gaulle. Je t'avais raconté comment, le jour de l'enterrement de son mari, avant même que finisse la céré-monie, elle s'était précipitée à la maison pour brûler tous ses uniformes. Elle retrouvait à son insu la folle sagesse des gitans : brûler la caravane du mort avec tous ses biens, ne conserver qu'une petite chose de lui. Elle fera relique et soleil et prière, cette petite chose. Je n'ai pas voulu garder grand-chose de tes affaires. Une icône – mais je ne crois pas aux icônes. Ce sont des tartines d'or, un goûter pour l'œil-enfant. Les vraies icônes, celles devant lesquelles j'aime m'attarder, ce sont les écritures éphémères de la neige sur un tronc d'arbre. Là, oui, je vois quelque chose. Il y a un sourire sous le monde. J'en devine l'épuisement dans la pâle vibration bleutée d'une plaque de neige. Il faut, à ce sourire, traverser tellement d'épaisseurs avant de nous atteindre !

J'ai gardé le réveil de plastique noir qui était sur ta table de chevet. Je l'ai mis dans la chambre d'écriture. Il y poursuit sa manie de découper la vie éternelle en tranches égales. Si je le regarde je pense à ton martyre car c'est un martyre d'être dans une maison de retraite. Emily Dickinson est morte dans la maison paternelle. C'est un privilège de reine. La reine des abeilles avait engendré des centaines de poèmes. L'un deux a été choisi pour l'annonce de ta mort dans le journal local.

J'ai demandé à ce qu'on mette autour de tes épaules ce cachemire que nous t'avions offert pour Noël. Une couleur orangée, boisée, réconfortante aux yeux. Tu craignais le froid des fins de jour, cette heure après le dîner où le néant en personne entre dans les chambres et pose sa main glacée sur le cœur des pensionnaires. Et puis, ce cachemire, tu ne t'y étais pas habituée, tu lui préférais une mauvaise couverture de laine bleue, moins belle et surtout moins chaude.

Comme la vie est sage en ses virevoltes ! Ce cachemire – une épaisseur de braises et de soleil couchant – avait été acheté à Paris pour ta joie. Il se révélait dans ta mort : une armure de douceur pour ta rencontre avec les ombres.

La porte entrouverte derrière laquelle la royauté de ta mort nous attendait, la lumière crispée du néon au-dessus de ton lit, la chaleur qui s'attardait à tes joues et sur tes mains, cette vie qui reste quelques heures auprès d'un mort comme un reste de dessert – j'ai tout enregistré sans y penser. Le cœur est une chambre noire, le seul appareil photographique fiable.

Lorsqu'une montagne s'effondre sa forme demeure quelques heures dans l'air. Il m'a fallu écarter les sept voiles de la crainte pour bien te voir. Tu semblais au bord de respirer. De l'or brûlait sous les yeux clos de la petite fille inuit.

Après avoir sauté sur la table, le petit chat buvait l'eau des fleurs dans le pot sur lequel une hirondelle rose était modelée. Un soir après avoir bu il s'est approché de moi et a laissé tomber sa tête sur ma main. Puis il a sauté de la table sur le piano dont il avait fait son île. Quelques mois plus tard la mort est venue. Le petit chat a été emporté. L'hirondelle est devenue sa veuve. La table et le piano ont souffert en silence de ne plus jamais entendre les pattes de velours. J'ai longtemps senti sur le dos de ma main droite le poids de la petite tête noire. Je t'ai parlé un jour de cette scène et tu as souri. Ce sourire-là n'était pas comme les autres. Il était, comment dire : aérien. Délivré.

J'ai sous ton règne traversé mille angoisses, et connu le sort lumineux des agoraphobes : une âme à la Rembrandt, un peu d'or au fond d'une cave. Mes livres en naissent qui s'émerveillent d'un rien de lumière sur une montagne d'ombre. J'ai agonisé sous des tonnes d'absence. J'ai suffoqué sous l'attente sans visage. J'ai retenu mon souffle pendant trente ans pour que mon chant éclate au zénith et qu'on ne doute pas, en m'entendant, que cette vie est le plus haut bien même si parfois elle nous broie.

Je te revois préparer à manger pour les tiens. Ce travail infini pour lequel personne jamais ne vous remercie. Les mères par leurs soins élémentaires fleurissent les abîmes. S'il y a encore des lions, des étoiles et des saints c'est parce qu'une femme épuisée pose un plat sur la table à midi. Cette femme est la mère de tous les poètes. C'est en la regardant qu'ils apprennent à écrire.

La poésie c'est le bec grand ouvert de l'oisillon et un silence qui tombe dans la gorge pourpre.

Plus éprouvante que la mort, cette vision de ton cercueil sorti de l'église : un nid d'oiseau ruiné porté en triomphe.

La poésie c'est la grande vie.

Composition : Dominique Guillaumin
Achevé d'imprimer
par l'Imprimerie Floch
à Mayenne, le 17 janvier 2014.
Dépôt légal : janvier 2014.
Numéro d'imprimeur : 86244.

ISBN 978-2-07-014425-9 / Imprimé en France.

262366